HISTÓRIA ORIGINAL AMAZON

FELIZ NATAL

Natal pra quê?

UM CONTO PARA QUEM PERDEU A MAGIA DO NATAL

DEZ 25

MEGHAN QUINN

AUTORA BESTSELLER DO *USA TODAY*

Editora Charme

1ª Impressão 2023

Capa - Caroline Teagle Johnson
Adaptação da capa e Produção Editorial - Verônica Góes
Fotos internas - Freepik
Tradução - Alline Salles
Revisão - Equipe Charme

Esta obra foi negociada por Brower Literary & Management.

CIP-BRASIL. CATALOGAÇÃO NA PUBLICAÇÃO
SINDICATO NACIONAL DOS EDITORES DE LIVROS, RJ

Q64n

Quinn, Meghan
Natal pra quê? : um conto para quem perdeu a magia do Natal / Meghan Quinn ; tradução Alline Salles. - 1. ed. - Campinas [SP] : Charme, 2023.
96 p. ; 22 cm.

Tradução de: Resting scrooge face
ISBN 978-65-5933-145-1

1. Romance americano. I. Salles, Alline. II. Título.

CDD: 813
23-87120 CDU: 82-31(73)

Meri Gleice Rodrigues de Souza - Bibliotecária - CRB-7/6439

Editora Charme

www.editoracharme.com.br

HISTÓRIA ORIGINAL AMAZON

FELIZ NATAL

Natal pra quê?

UM CONTO PARA QUEM PERDEU A MAGIA DO NATAL

DEZ 25

TRADUÇÃO: ALLINE SALLES

MEGHAN QUINN

AUTORA BESTSELLER DO *USA TODAY*

Editora Charme

Prólogo

CALEB

Querido Natal,

Eu te desprezo.

Cruel? Talvez.

Mas por que suas canções curtas e suas histórias mágicas e comoventes sobre família e união precisam me seguir por onde vou?

Por que há luzes piscantes, bugigangas brilhantes e crianças alegres em todo lugar que olho?

Por que precisamos passar horas parados no frio congelante para assistir a uma única árvore ser acesa pelo prefeito de uma cidade? Todos nós já sabemos como é uma árvore iluminada – há mais de uma dúzia espalhadas pelas cercas brancas que se alinham na Main Street.

E, mais importante, por que seus admiradores dedicados – com seus suéteres feios de Natal e seus bonequinhos mal decorados e recém-assados – precisam me seguir pela cidade perguntando quem vou beijar debaixo do visco este ano?

A resposta é ninguém.

NINGUÉM!

Esse navio zarpou há anos, quando estraguei a única coisa boa na minha vida. Então, se alguém estiver ouvindo, se alguém quiser oferecer um alívio temporário desta alegria contagiante e edificante, mais conhecida como meu purgatório particular, eu agradeceria.

Sinceramente,

Scrooge Impaciente

— O que está escrevendo? — Arden pergunta quando entra na minha loja de ferragens.

Ergo a cabeça e vejo o carteiro de setenta anos vestindo uma blusa de gola alta vermelha e verde listrada debaixo de sua camisa de boliche.

É, nem mesmo meu amigo mais próximo — apesar da diferença de quarenta anos — consegue evitar as pressões de se divertir um pouco.

— Nada — respondo ao amassar a carta e a jogar no lixo. Por que pensei que escrever meu desdém em relação à temporada festiva fosse ajudar? — Está pronto para ir?

Ele ergue sua bolsa de boliche e sorri.

— Pronto. Mas parece que você não está. Cadê sua camisa de boliche?

— Na caminhonete. Vou me trocar quando chegarmos lá.

— Seria melhor se aparecêssemos já vestidos na noite do boliche. É mais intimidador.

Solto um suspiro e coloco as mãos no balcão do caixa.

— Arden, acabei de sofrer por duas horas ajudando vovozinhas de cabelo enrolado com trajes natalinos me perguntando quais luzes de Natal eu achava que ficariam melhor em volta delas, para algum tipo de desfile de Natal que vai acontecer na comunidade sênior esta semana. Desculpe se só preciso de um tempo.

— Sabe, "ah, bobagem" teria tido menos palavras.

— Anotado — respondo. — Vou fechar o caixa e, então, levo sua bunda enrugada até Port Snow.

Retiro a gaveta do caixa e começo a ir para o escritório nos fundos, quando ele grita:

— Essa atitude antialegria e grosseira que tem adotado recentemente... não tem nada a ver com o fato de Nola Bisley ter voltado para a cidade, tem?

Paraliso, os músculos das minhas costas ficando tensos conforme minha mão aperta mais a gaveta. Essa minha atitude de coitadinho — incluindo minha carta maluca de Natal — tem algo a ver com aquela que foi embora, a mulher que acabou de se mudar de volta para nossa cidade pequena e invernal no coração do Maine?

Claro que não.

Capítulo Um

NOLA

— Olhe para esses enfeites de peitos de homem — Vovó Louise diz ao tocar as muitas decorações exibidas na loja Forever Christmas.

Dirigimos até Port Snow naquela manhã a fim de visitar a Lobster Landing, uma loja turística adorada em nosso canto do mundo, para a liquidação de doce de menta deles. Por ser fã do fudge daqui, nós precisávamos ser as primeiras da fila — bem, a Vovó Louise precisava ser a primeira da fila. E graças à bengala dela, que é decorada como uma bengala doce de verdade para as festas de fim de ano, ela fez todos saírem da frente e simplesmente apostou na desculpa de ser vovó — que, basicamente, dava a ela o direito de desafiar os padrões da sociedade de "não usar sua bengala como arma" sem receber nenhum tipo de retaliação.

Olho na direção de Vovó Louise e a vejo passando o dedo indicador pelos gominhos bem entalhados embelezando um enfeite de vidro de homem, uma novidade que a loja Forever Christmas traz todo ano. E todo ano, Vovó Louise fica maravilhada com isso.

— Vai, finalmente, ceder e comprar um? — pergunto.

— Não seja louca. — Ela devolve o enfeite. — Trinta e dois dólares são ultrajantes para um enfeite. Além do mais, sou o tipo de mulher cujas decorações têm classe e opulência. Não há espaço para uma decoração de Natal tão pagã na minha sala de estar.

— E no seu quarto? — indago, cutucando-a com o ombro.

Ela sorri, o pink do seu batom brilhante se alongando por seus lábios.

— Aí já é outra história. — Juntas, nós rimos, e ela engancha o braço no meu. — Que som lindo dessa sua risada. Acho que não a tinha ouvido desde que você se mudou de volta para cá.

— Não tenho tido muito motivo para rir.

E é verdade. Depois que Chris me expulsou do nosso apartamento pitoresco no Upper East Side quando percebemos que nossos objetivos futuros eram diferentes — alerta de spoiler: eu queria uma família; ele não —, eu não tinha para onde ir. Sem opções, voltei para minha cidade natal,

Bright Harbor, Maine. Com uma população de, aproximadamente, oitocentos mil alegres intrometidos, Bright Harbor é vizinha de Port Snow, uma das cidades mais famosas do Nordeste. Estar de volta tem seus desafios. Em primeiro lugar, estou morando na minha casa velha de infância e ajudando meus pais a reformá-la. Momentaneamente de férias em Florida Keys, eles entregaram as rédeas para mim desde que se mudaram para uma casa menor perto da costa. Sei que eu não deveria reclamar — e, como designer freelance, posso trabalhar de qualquer lugar —, mas, agora que estou de volta à cidade, estou tendo que me esquivar e desviar de perguntas de todos do porquê voltei para Bright Harbor, enquanto ignoro a alegria do feriado que parece estar à minha volta a cada esquina que vou. Vovó Louise é a única que não consigo evitar, porque ela não deixa. Mas, pior de tudo, e quero dizer muito pior mesmo, é estar em um estado constante de pânico de que estou prestes a me deparar com Caleb Butler, o galã não oficial de Bright Harbor e o cara que partiu meu coração.

Vovó Louise dá um tapinha na minha mão conforme a guio para fora da loja e em direção a Main Street.

— Vamos fazer você voltar ao normal rapidinho. Se não o fizermos, o espírito de Natal vai alegrar você.

— Não sei, Vovó — digo ao passarmos por uma multidão de clientes fazendo suas compras de última hora antes do grande dia. — Não sei se o feriado vai conseguir me animar, está mais me lembrando de que levei um pé na bunda de um garotinho pomposo da cidade grande... que pensei que fosse me pedir em casamento no dia vinte e quatro.

— E de onde você tirou essa ideia?

— Da senhora — respondo. Vovó Louise é romântica. — A senhora me ligou no início do mês e me contou que sonhou que eu me uniria eternamente ao amor da minha vida na véspera de Natal.

— Sim, e isso pode ser interpretado de forma ampla. Não citei nomes.

Reviro os olhos.

— Quer entrar na Snow Roast e comprar um chocolate quente?

— O que seria de uma viagem até Port Snow sem o chocolate quente maravilhoso da Ruth, certo?

— Não mesmo — digo quando vamos em direção à cafeteria, a apenas algumas lojas dali, as vitrines exibindo sua versão de Natal. Uma livraria até fez uma árvore de páginas antigas com luzes emaranhadas em volta do tronco até a ponta.

Essas lojas são somente um pequeno vislumbre do espírito alegre da comunidade. Conhecida por seu ar pitoresco de cidade pequena, Port Snow é enfeitada de luzes piscantes e guirlandas verdes, com música festiva saindo pelos alto-falantes espalhados pela Main Street, dando uma sensação de muito conforto. É o tipo de ambiente que deveria aquecer a alma de toda pessoa que passa pela rua.

Infelizmente para mim, não está surtindo nenhum efeito para descongelar meu coração de gelo.

— Ah, veja, lá está Myrtle — Vovó Louise anuncia. — Sabia que ela está de namorado novo? Ele costura a própria calça porque é mais barato do que comprá-la. Bem, ele rasgou a costura outro dia no mercado enquanto pegava o papel-toalha da prateleira de baixo. Deu para ouvir rasgar a um quilômetro de distância. — Vovó Louise solta meu braço e acena para Myrtle. — Uhuuu, Myrtle. Como está a calça de Edwin?

Pobre Myrtle — e Edwin, aliás — com gente tomando conta da vida dela...

Ai.

Meu.

Deus!

Atrás de Myrtle e seu penteado gigante, que envolve bengalas de doce saindo por todos os lados, está ninguém menos do que o homem que tenho tentado evitar, o homem que partiu meu coração, o primeiro e único Caleb Butler. Ele está conversando com Arden, o velho e gentil carteiro de Bright Harbor, mas a dupla está se aproximando rapidamente.

Ele não consegue me ver. E não estou pronta para nenhum tipo de interação desconfortável com ele.

Sem tempo para pensar, me afasto da Vovó Louise, engancho meu braço em um poste como Gene Kelly, faço um cento e oitenta veloz e paro atrás de uma lata de lixo decorada e embrulhada com um laço vermelho enorme.

Agachada e apoiada na superfície dura, aproximo as pernas do peito e respiro fundo algumas vezes, enquanto minha mente pensa nas chances de ele me ver aqui.

E, melhor ainda, será que ele me viu?

— O que está fazendo, criança? — Vovó Louise pergunta, olhando por cima da lata de lixo.

— Shhh, aja como se eu não estivesse aqui.

— Por que eu faria isso?

— Porque *Caleb* está ali na frente, e não quero que ele me veja. Então aja naturalmente, Vovó.

A compreensão toma sua expressão.

— Ah, ok. A técnica de evitar. Entendi. — Assobiando uma melodia de *Rockin' Around the Christmas Tree*, ela para ao lado da lata de lixo e gira sua bengala. — Boa tarde. — Eu a escuto dizer. — Como está? Lindo dia para as compras. Faltam poucos dias para o Natal... Espero que esteja pronto para o Papai Noel. Oh, olá, Caleb. — Minhas costas endurecem. *Por favor, não o deixe me ver aqui, por favor, oh, por favor.*

— Olá, Vovó Louise — ele diz, sua voz grave cobrindo meus ombros como um cobertor antigo, bem quente e confortável. — Como a senhora está?

— Esplêndida. Me preparando para o Natal. E você?

O frio da calçada gelada começa a se infiltrar pelo tecido da minha calça jeans conforme tremo, torcendo para ele não me ver.

— Só levando Arden para comer um docinho. Griffin Knightly reservou alguns para nós no Lobster Landing.

— Que bonzinho — Vovó Louise elogia. — Nós também comemos mais cedo.

— Nós? — Ouço Arden perguntar.

Oh, poxa, Vovó!

— Ãh, sim, nós. — Sua voz treme um pouquinho. — *Nós*, quero dizer eu e minha bengala confiável. Esta menina ama um bom passeio pela cidade.

Pressiono a mão na testa. Já era.

— Está amiga da sua bengala agora, Louise? — Arden pergunta.

— Está me julgando? — ela o repreende. Ela pode ser pequena, idosa e toda enrugada, mas é brava.

— Não, nem um pouco. Nunca pensaria em fazer isso.

— Foi o que pensei. — Vovó Louise bate a bengala no chão, colocando um fim a essa conversa.

Há um breve silêncio antes de Caleb dizer:

— Ah, bem, foi bom ver a senhora.

— Você também, querido.

— Arden, só vou entrar nesta loja... já alcanço você — Caleb avisa.

Ao ouvir os passos de bota indo embora, dou a volta na lata de lixo só no caso de Caleb resolver olhar para trás, e espero mais um minuto para ter certeza de que a barra está limpa. É quando me levanto e fico frente a frente com Arden.

— Nola? Pensei mesmo que fosse você atrás da lata de lixo.

Engulo em seco e tento agir o mais casual possível.

— Oh, você, ãh, você me viu ali? Eu só estava procurando, ãh, algum lixo na sarjeta. Precisamos cuidar da Mãe Natureza para ela cuidar de nós, sabe? Jogar lixo no chão é coisa de idiota.

— É verdade. — Arden sorri abertamente, com as sobrancelhas grossas erguidas.

— Gostou do meu improviso? — Vovó Louise diz, perdendo totalmente sua capacidade de agir naturalmente. — Aquele garoto está indo embora, pensando que estou tendo um tipo de caso de amor com minha bengala. — Ela solta uma gargalhada antes de passar por Arden e entrar na Snow Roast.

Muito obrigada, Vovó.

Quando meus olhos se conectam com os de Arden, ele me lança um olhar sábio conforme se balança para trás e para a frente. Ótimo.

— Então. — Me mexo desconfortavelmente. — Você, ãh... você não vai contar a ele que me viu, vai?

Ele sorri suavemente.

— Apesar de ser tentador, acho que preciso honrar suas habilidades furtivas de invisibilidade.

Solto um longo suspiro.

— Obrigada.

— Mas, sabe, vai acontecer em algum momento. Eu soube que você está reformando a antiga casa dos seus pais. E todos sabem que Caleb tem uma loja de ferragens.

— É, bom, vou enfrentar isso quando precisar. Por enquanto, obrigada por não dizer nada sobre ter me visto. Gosto da invisibilidade. — Aceno para ele. — Foi bom te ver, Arden, mas preciso ajudar minha avó antes que ela peça um chocolate quente para sua bengala.

— Espere um segundo, senhorita. Na verdade, eu estava te procurando.

— Ah, é? Por quê?

— Quando terminei minha rota de correspondências, estava guardando tudo e encontrei um envelope enfiado na fenda do meu console.

É para você. — Do bolso de trás, ele tira um envelope verde e o entrega para mim.

— Ah, obrigada. — Dou uma olhada no envelope. Meu nome está rabiscado no papel verde, porém não há endereço nem selo. — Como sabia que iria me encontrar aqui?

— Foi só um palpite. — Ele dá uma piscadinha. — E eu soube que você perdeu um pouco do espírito natalino... talvez esta carta te ajude.

— Sabe de quem é? — pergunto, totalmente confusa.

— Conheço todo mundo da nossa cidade, Nola. — Ele dá uma piscadinha de novo e começa a descer a Main Street em direção ao Lobster Landing. — Feliz Natal. — Ele acena, me deixando perplexa e interessada ao mesmo tempo.

Que estranho.

De quem poderia ser?

— Feliz Natal, Arden — grito enquanto vou para Snow Roast.

Quando entro, encontro Vovó Louise em uma conversa animada com a dona da loja, Ruth, que está em pé atrás do balcão, seu marido Brig Knightly recebendo os pedidos ao lado dela. Já que ela parece estar se comportando bem, para variar, fico meio afastada na lateral e abro o envelope, curiosa quanto ao conteúdo da carta.

Tiro o papel amassado, e leio em voz baixa.

Querido Natal,

Eu te desprezo...

Isto é para trazer de volta o espírito natalino? Não tenho tanta certeza de como, mas a carta chama minha atenção e, quem sabe, poderia ser de uma pessoa com quem eu possa compartilhar meus sentimentos.

Quando termino de ler, sorrio, grata por ter encontrado uma alma gêmea em quem quer que seja esse "Scrooge Impaciente". O sentimento é real, claro, por que ficamos tão empolgados com uma árvore de Natal se acendendo quando há árvores por toda a cidade decoradas com luzes piscantes? Me sinto observada. Então, quando olho para cima, fico cara a cara com Vovó Louise.

— O que é isso? — ela pergunta.

Rapidamente, dobro a carta e a guardo na minha bolsa. Não preciso da Vovó se metendo nisso.

— Só uma carta endereçada a mim que Arden encontrou, nada com que se preocupar. — Pigarreio. — Na verdade, se importa se eu for na Wicks and Sticks por um segundo?

— Nem um pouco, querida. Há uma mesa vazia perto da lareira, então vou me sentar.

— Certo, tudo bem. Já volto.

Saio para a Main Street de novo, onde floquinhos de neve começaram a cair. Felizmente, a Wicks and Sticks é do outro lado da rua, então atravesso rapidamente e abro a porta de maçaneta dourada. Sou recebida de imediato por uma onda de aromas enquanto absorvo as infinitas fileiras de velas à venda. Embora seja tentador, não é por causa de uma vela nova que estou aqui. Vou até os fundos, bem onde sei que o dono guarda artigos de papelaria. Por ser Natal e por ser Port Snow, minhas opções não natalinas são limitadas a duas: um papel com um pássaro aquarela ou um dourado brilhante, que exigiria que eu escrevesse em preto.

Dourado não é tão ruim — melhor do que um Papai Noel alegre comendo um doce em forma de bengala —, então escolhi esse e fui para o caixa.

Talvez eu esteja solitária. Talvez sejam as festas de fim de ano ou a forma como a carta falou comigo, mas Scrooge Impaciente chamou minha atenção e, por algum motivo, quero responder.

Agora, se ao menos eu conseguisse fazer Arden entregar a carta para mim...

Capítulo Dois

CALEB

O sino da porta da loja de ferragens toca, e olho rapidamente para a frente, vendo Arden vir andando na minha direção, em seu uniforme de carteiro.

— Oi, Arden — cumprimento e volto a organizar os parafusos. Algumas crianças entraram na loja mais cedo e pensaram que seria engraçado sacanear o "Scrooge". Mal sabiam elas que eu as tinha visto na câmera, então as entregara para seus pais e, rapidamente, transformei o Natal feliz delas em uma meia cheia de carvão.

E adivinha? Não me sinto nem um pouco mal por isso.

— Soube que você entregou os Salem Street Boys. — Percebo que a notícia se espalhou.

— Eles bagunçaram meus parafusos, então, sim, entreguei. — Pego um parafuso de cabeça flangeada da pilha dos de cabeça redonda e o coloco na caixinha apropriada.

— Que audácia — Arden diz sarcasticamente enquanto coloca um envelope dourado sem nada escrito no balcão ao lado do caixa.

Meus olhos vão até o envelope e, então, voltam para cima.

— O que é isso?

— Isso, meu amigo, é uma carta.

— É, imaginei, mas de quem?

Ele sopra os nós dos seus dedos e os esfrega no ombro.

— Oh, só alguém que acabou lendo sua carta amassada do outro dia.

— Que carta amassada... — Minha voz some quando me viro para olhar na lixeira. A lixeira vazia. — Onde está a carta que escrevi?

— Ah, sabe, pensei que seria divertido entregá-la para alguém que eu sabia que estava sentindo as mesmas coisas que você. A angústia adora companhia.

— Jesus, Arden, aquilo era particular. — Puxo meu cabelo e solto um suspiro enorme de frustração. — Não era para ninguém.

— Talvez não, mas essa pessoa achou bem interessante. — Ele dá um tapinha no envelope. — Você vai me agradecer depois.

E tão rápido quanto ele entrou, seguiu para o fundo da loja, na direção da seção de Natal.

Tipo... *Onde você encontrou a coragem de ler meu lixo?*

E onde está exatamente essa pessoa nesta cidadezinha que despreza o Natal tanto quanto eu? Deixe-me te dar uma dica... em nenhum lugar.

Ainda assim, estou intrigado.

Muito atípico da minha parte.

Vamos atribuir isso a ter ouvido *Home for the Holidays*, de Perry Como, cinco vezes hoje nos alto-falantes da cidade enquanto andava da minha casa até a loja de ferragens. Exatamente como Port Snow, Bright Harbor toca música de Natal repetidamente. Tipo, agora mesmo, se eu escutar atentamente, consigo ouvi-la tocando do lado de fora. É *Grandma Got Run Over by a Reindeer* — aterrorizantemente mórbida e, ainda assim, cantada com muito otimismo.

Enfim, meus olhos se fixam novamente na carta, e por estar cansado de procurar parafusos, eu a pego e analiso o envelope dourado. Parece festivo. Não consigo imaginar que alguém que despreze o Natal tanto quanto eu escolheria papel dourado.

Vamos ver logo quem essa pessoa é.

Abro o envelope, tiro a folha também dourada e leio a carta.

Querido Scrooge Impaciente,

Isto pode ser meio chocante para você, já que moramos em uma cidade em que o Natal nunca dorme, porém eu gostaria de admitir que sinto o mesmo que você em relação ao feriado.

Aqui vão os meus motivos:

Eggnog. Por que é um líquido que consumimos, não sei ao certo, mas o fato de que é oferecido a nós como água é incompreensível.

Dar presentes. Não é simplesmente uma troca de dinheiro? Principalmente agora, depois de adulto. Você dá um cartão-presente, ganha um cartão-presente. Me parece sem sentido — por que, simplesmente, não ficamos com nosso dinheiro e pronto?

Risada de crianças. Isso pode me fazer parecer uma bruxa, mas o som de crianças rindo enquanto toca música de Natal ambiente realmente me faz querer pegar o Lançador de Bola de Neve Dois Mil — protótipo, inventado na minha cabeça — e começar a lançar nelas, uma por uma.

Visco. As únicas pessoas que gostam de pendurar isso são as tias intrometidas que acham que o maior tesouro do mundo é fazer duas pessoas agirem estranhamente sob as pressões de ter que se beijar em público.

E por último, mas, certamente, não menos importante, festas em que as pessoas esperam que você leve um par. E, se não levar, a temida pergunta do porquê está solteiro. Não é da porra da sua conta, Robert, Pam ou... Jerry.

Ufa, precisava tirar isso do meu peito. Obrigada por ouvir.

Sinceramente,

Ho Ho No

Soltei a carta e olhei para cima, sentindo os leves puxões no canto da minha boca.

Estou... sorrindo?

Não, não pode ser. Eu não sorrio, principalmente durante as festas de fim de ano, quando guirlandas bregas são usadas como cachecóis. E principalmente não este fim de ano, quando Nola poderia aparecer em qualquer esquina.

Mas esta carta me acerta em cheio e me motiva a fazer a última coisa que eu pensara em fazer quando Arden a entregou para mim... que é respondê-la.

De debaixo do balcão do caixa, pego um caderno e, então, a caneta que está apoiada atrás da minha orelha. Enquanto estou escrevendo, as tábuas do chão estremecem sob o andar pesado de Arden, que está segurando uma rena inflável e dando um sorriso tão grande que acho que consigo ver cada dente da sua boca.

Aponto a caneta para ele.

— Não fale sequer um "a".

Ele ergue sua mão livre.

— Nem um pio. Só vou esperar aqui enquanto termina para que eu possa entregá-la para você.

— Odeio o fato de você estar se divertindo tanto com isto.

— Não. Na verdade, estou amando isto.

— Aposto que sim — digo e, então, me concentro na minha resposta.

— Bom dia, Caleb — Denise me cumprimenta por cima do balcão da padaria. — Como você está?

— Bem — respondo, observando o Knickers Café lotado. Cheio

demais de suéteres de Natal, músicas alegres e o cheiro de cidra de maçã apimentada, o café está explodindo no único dia da semana que tiro de folga da loja.

Claro.

— Ãh, tem lugar vazio na parte de cima? — pergunto, esperando que esteja mais silencioso lá.

— Deve ter, sim. Você quer o de sempre?

— Sim.

— Já vou mandar para lá.

— Obrigado. — Aceno para ela e, com o jornal na mão, subo pela escada íngreme e rangente para o primeiro andar.

Tetos abobadados brancos fazem o espaço parecer maior do que é, e, com mesas para duas pessoas espalhadas, oferece mais lugares ao manter os grupos pequenos. Vejo uma mesa ao lado de uma que já está ocupada por uma bolsa.

Típico.

As pessoas pensam que podem guardar lugar só por colocar um item pessoal nela. Se eu não estivesse preocupado em me tornar o mesquinho da cidade — tenho que manter meu negócio lucrativo —, chutaria a bolsa para o chão e falaria que a mesa era minha.

Mas, a fim de manter um bom nome na cidade, me contenho de apresentar à bolsa de couro minha bota e me sento à mesa ao lado. Me acomodando, desdobro meu jornal e o seguro erguido, bloqueando o resto do café.

Agora se ao menos tivesse fones de ouvido para bloquear toda a conversa monótona assim como Bing Crosby nos contando exatamente que Natal ele nos deseja...

— Falei para você que não peguei nenhum manual da gaveta de manuais. — Ouço uma voz feminina dizer quando sua dona se senta à mesa ao lado da minha. Ah, ótimo, minha vizinha chegou. Bem a tempo de me irritar. — Por que eu faria isso? Acha mesmo que sou tão vingativa?

Parece bem vingativa para mim.

— Pois é, não sou — a voz responde, um pouco mais alto e, por algum motivo, parece... familiar. — Chris, pare. Se eu quisesse te sacanear, teria mergulhado suas gravatas na privada antes de ir embora e nunca te contaria. — Ela pausa, e juro... juro que conheço essa voz. — Bem, acho que você nunca saberá se fiz isso. — Seguro o jornal com um pouco mais de força ao sentir vontade de olhar. — Não sei, procure na internet e pare de me incomodar. Não se esqueça, foi você que me largou. Foi você que terminou o relacionamento, não eu.

Então lembro.

Essa voz.

É de... *oh, merda.*

— Tchau, Chris. — O som da pessoa colocando o celular na mesa ecoa em nosso espaço compartilhado. — Desculpe por isso — diz. Ela está falando comigo? Espero que não esteja falando comigo. — Não sei se você ouviu algo por trás do seu jornal. Detesto pessoas que se esquecem da etiqueta social em espaços pequenos. Só fiquei irritada depois da sexta ligação seguida, então atendi e, ai, meu Deus, por que estou falando com alguém que está segurando um jornal? Claramente você não quer companhia. Só vou ficar quieta.

Minhas palmas suam, meus nervos ficam à flor da pele e estou tão surtado quanto ao que fazer porque sentada ao meu lado está ninguém menos do que Nola Bisley. A garota que foi embora... depois que parti seu coração. A mesma garota que falou que nunca mais falaria comigo de novo, nem em um milhão de anos.

E, ainda assim, aqui está ela, falando comigo.

Bom, falando com meu jornal.

Então a pergunta é: o que eu faço?

Está mais para: como saio daqui antes de ela perceber que sou eu?

Antes que eu tenha um vislumbre de como ela está agora, porque isso vai me destruir, preciso de um plano. Ver aqueles olhos azuis brilhantes de novo, aqueles lábios em formato de coração, que sempre parecem estar no tom perfeito de rosa. Não consigo, não. Já estou de mau humor. Vê-la só vai piorar tudo e me lembrar do maior erro que já cometi — dizer a Nola Bisley que não queria me mudar com ela para Nova York e, depois, terminar com ela.

Pelo menos ainda tenho minha confiável capa da invisibilidade — o jornal. Então, talvez, se eu me esgueirar da mesa no ângulo correto, enquanto seguro o jornal, consiga me retirar da situação sem ser identificado e continuar com meu Natal...

— Aqui está, Caleb. Dois ovos, um bagel com manteiga, três fatias de bacon supercrocantes e um café preto. Avise se precisar de mais alguma coisa. — Assim, os passos da garçonete voltaram para a escada rangente.

Meus dedos se curvam no jornal conforme meu coração acelera — fui revelado.

Deveria ter imaginado que aconteceria isso. Como se um jornal fosse mesmo me proteger de ficar frente a frente com minha ex-namorada. Teria sido fácil demais.

Não, só estou paralisado.

Não sei se é melhor baixar o jornal, cumprimentar Nola com um sorriso e comer. Ou amassar o jornal, jogar na cara dela para distraí-la e desaparecer.

Infelizmente, nenhuma das opções parece correta. E o café também não está ajudando muito. É quase como se todo mundo neste piso superior tivesse resolvido ficar parado e fechar a boca. Não ouço nada além do rugido do meu próprio coração.

Nenhum esquilo cantando sobre querer um bambolê.

Nenhum sino fraco balançando e tilintando sobre suéteres feios.

Nem sequer o arranhar sutil de um pinheiro fresco sendo arrastado pela rua, pronto para ser erguido em uma sala de estar e decorado com enfeites caseiros.

Não, somente eu, a fumaça do meu café e o arfar distinto na mesa ao meu lado.

Parece que o jogo acabou.

Lentamente, baixo o jornal, porém mantenho a cabeça inclinada ao pegar meu garfo e mexer os ovos no meu prato. Talvez, se eu não a olhar, ela não me veja.

— Caleb. — Escuto Nola dizer, sua voz tensa agora, levemente envergonhada. Um cara não pode ter um tempo? — Eu... eu não sabia que era você.

— Como poderia saber? Você não consegue enxergar através do jornal, a menos que tenha desenvolvido esse talento ao longo dos anos — respondo. Meu tom é cruel, mas não é direcionado a ela, é mais direcionado ao mundo por me colocar nesta situação.

Ela não responde de imediato, no entanto, sinto seus olhos me analisando, com tanta intensidade que finalmente olho para cima e sinto todo o ar sair dos meus pulmões.

Caramba, ela está muito linda. Mais linda do que me lembro. Seu cabelo castanho está curto, apenas tocando os ombros e arrumado em cachos selvagens e lindos. Seus olhos não estão mais emoldurados por delineador preto, mas apenas destacados por máscara de cílios. Seu rosto afinou, assim como seus ombros, porém aqueles lábios estão iguais e seus olhos penetrantes, ah, sim, estão perfurando minha alma, com uma piscada por vez.

Ficamos sentados assim, apenas encarando um ao outro. Provavelmente, ela está reparando no pé de galinha que desenvolvi ao longo dos anos, ou talvez a barba por fazer que agora uso porque estou preguiçoso demais para tirá-la toda manhã, ou o fato de a barba no meu queixo estar pontilhada de branco bem discretamente.

Sou uma versão mais velha do garoto que ela amou um dia. O garoto que partiu seu coração e a deixou ir embora.

Um silêncio desconfortável se alonga entre nós, até eu finalmente soltar:

— O que foi? — Porque, sinceramente, não sei mais o que dizer.

Estou desconfortável.

Não sei como lidar com isto.

E já comecei a conversa do jeito errado agindo de forma mais hostil do que deveria.

— O quê? — ela responde. — É isso que vai falar para mim? O que foi?

Não, o que realmente quero dizer é o quanto você está linda.

Como senti falta de olhar nos seus olhos.

Ou de escutar sua risada.

— Não sei, Nola. — Solto uma respiração pesada enquanto seguro minha nuca. — Não sou especialmente bom na arte do que dizer para uma ex-namorada que você não vê há anos.

— Nem eu, mas, pelo menos, tenha a decência de não ser antagônica.

— Sério? Porque você está parecendo antagônica agora.

Cara, o que está fazendo? Pare de cutucar a onça.

Mas não consigo evitar. Estou fora da minha zona de conforto. A autodefesa assumiu.

— Só porque você começou — ela retruca.

Suspiro profundamente.

— Não vou começar uma briga com você no café, onde há dúzias de ouvidos esperando para relatar o que ouviram enquanto tomavam café nesta manhã. Então, vamos só tomar nosso café da manhã em paz e ignorar um ao outro.

Pronto, assim é melhor. Oferecer uma trégua. Parece produtivo.

— Deve ser fácil para você… você tem bastante prática — ela diz.

Ok, então talvez ainda não seja uma trégua. E, sim, eu mereço esse comentário. Ignorei suas ligações inúmeras vezes depois de terminarmos, porém isso foi porque eu não queria que ela voltasse para cá. Não queria que ela desistisse dos seus sonhos de estudar na cidade.

Não falo nada, porque não há nada a dizer, então coloco meus ovos no bagel e o ergo e, assim que dou uma mordida, Nola se inclina para a frente para que seu rosto entre na minha linha de visão de novo.

— E, para seu governo — ela fala, dando um tapa na mesa. — Não sei o que ouviu daquela ligação, mas não peguei o manual idiota do Chris… meu ex-namorado.

Termino de morder, mastigo algumas vezes, e porque provavelmente tenho o recorde mundial dos comentários mais idiotas feitos em um curto período de tempo, digo:

— Mas enfiou as gravatas dele na privada?

Está vendo a fumaça saindo dos ouvidos dela? É, eu que causei isso agora.

Ela recua um centímetro, seus olhos ardendo de fúria.

— Isso é entre mim e as gravatas dele. É melhor você ficar de fora.

— Já nem queria ficar perto.

Talvez uma resposta correta poderia ter sido *Acredito em você. Você não parece tão vingativa a ponto de mergulhar as gravatas dele na privada.* Mas estou chegando ao mil no departamento de idiotice, então por que parar agora?

— Ah, parece familiar — ela responde assim que sua comida chega. Torrada francesa com um acompanhamento de fruta. Clássico de Nola, algumas coisas nunca mudam. — Você nunca quis ficar perto de mim.

Não estou surpreso por ela estar jogando o passado na minha cara.

Não lidei bem com nosso término — fui como um pelicano imaturo voando em volta do desastre e fazendo um trabalho terrível.

Embora tenha abordado toda esta situação como um bacalhau se debatendo, fui tomado por um instante de clareza. Ela está chateada de verdade, e é tudo culpa minha. É melhor eu recuar.

Recue AGORA!

Afastando o olhar do seu rosto ruborizado e bravo, baixo a cabeça e me concentro no meu café da manhã. Uma mordida de cada vez.

Morder... mastigar... engolir.

Só se concentre nesse processo. Coma. Coma. Coma. E então dê o fora daqui. Posso levar o bacon em um guardanapo.

E, ainda assim, apesar do meu instante brilhante de clareza, alguma coisa está me incomodando no fundo da minha mente.

Você nunca quis ficar perto de mim.

Isso não era verdade. Na realidade, era longe da verdade. Só o que eu mais queria era passar o resto da minha vida com esta mulher. Mas ela tinha sonhos de ir a Nova York e trabalhar com escrita e design de interiores depois de se formar, e eu não era o homem de que ela precisava para esses sonhos na época.

Então, ela dizer que eu não queria ficar perto dela é muito errado.

Bem errado...

E não posso simplesmente ficar sentado aqui e deixar que ela acredite nisso.

— Se estamos começando a colocar as coisas para fora — digo, me inclinando na direção da mesa dela desta vez —, eu queria ficar perto de você.

— Rá! — Ela gargalha. — Falou o homem que pensou que seria mais fácil partir meu coração do que agir como adulto e conversar sobre as coisas.

— Eu tentei — retruco. Ops, lá se vai o autocontrole. — Você se fechou.

— Eu me fechei porque você falou que iria morrer nesta cidade. Que não iria se mudar para lugar nenhum.

— Falei isso porque estava assustado demais para pensar que poderia morar em qualquer lugar além de Bright Harbor.

— Então foi por isso que morou em Boston por um ano? — ela pergunta.

Arfada Reviravolta! Como ela sabe *disso*?

Boston foi… bem, foi minha tentativa triste de tentar fazer algo mais do que assumir a loja de ferragens do meu pai. Fui eu tentando me provar para mim mesmo, me tornar um trabalhador de verdade e aprender com alguns dos melhores. E, com certeza, aprendi, mas, quando analiso, apesar de tentar atender às expectativas de Nola, para me tornar o tipo de homem de que ela precisava, eu sabia muito bem que não tinha sido feito para ser um homem da cidade grande. Estava destinado a ficar aqui em Bright Harbor, a fim de ajudar pessoas na cidade, e para cuidar dos meus pais na velhice.

— Como sabe sobre Boston?

Ela se levanta da mesa e pega seu prato.

— As pessoas da cidade falam, até para garotas que se mudam para Nova York, ou você se esqueceu disso?

— Como poderia me esquecer das fofocas daqui? Foi assim que descobri que você foi embora sem se despedir.

— Por que eu me despediria depois que você partiu meu coração?

— Porque você me amava — respondo.

— É, bem, isso foi um erro, e nós dois sabemos disso. — Ela empurra sua cadeira com um som alto e vai na direção da escada sem falar mais nada.

Bom trabalho, Butler. Tornou memorável sua primeira interação com Nola desde que terminou com ela.

Seu imbecil.

Capítulo Três

NOLA

— Eu queria ficar perto de você — murmuro ao rasgar o carpete velho da sala. — Como ele ousa falar isso para mim?

Encontrar Caleb foi tudo que pensei que seria — irritante, menos do que agradável e extremamente frustrante. Primeiro de tudo, não dava para ele estar menos atraente? Você sempre espera que as pessoas que partem seu coração envelheçam de maneira horrível, mas não Caleb Butler. Nãããão, ele tem que ser como o vinho mais chique de Napa. O homem envelhecia impecavelmente. Mandíbula com barba por fazer, linhas finas de expressão perto dos olhos, pele bronzeada, músculos… muitos músculos…

No entanto, além da aparência física, foi sua abordagem apática quanto ao nosso relacionamento que realmente me incomodou. Namorados de ensino médio, fomos o primeiro um do outro e com planos de nos casarmos. Ele me conquistou. Eu o conquistei. Ninguém na minha vida já me fez sentir tão segura, tão amada ou desejada quanto ele. Mas, quando lhe pedi para ir a Nova York comigo, ele não foi.

E esse foi o fim. Como um curativo, ele me arrancou imediatamente e me jogou no lixo. Ele não falou mais nada, nem enviou carta, nem visitou. Nada. Eu sabia que voltar para cá significaria vê-lo de novo, porém não pensei que fosse ficar tão chateada com isso.

Com as mãos agarrando a beirada do carpete, dou um puxão forte e caio para trás de bunda, a poeira subindo no ar já empoeirado. Cuspo a sujeira que cai na minha boca e uso as costas da mão para tirar uns cabelos rebeldes assim que há uma batida à porta da frente, que está aberta apesar do tempo frio — preciso de um respiro da poeira.

— Entrega — Arden grita.

— Aqui no fundo, atrás do monstro rosado também conhecido como carpete.

— Ah, aí está você — Arden diz conforme anda pelo desastre da minha residência atual. — Parece que você está entulhada na reforma.

— Pode-se dizer que sim. — Me apoio para trás nas mãos.

— Bom, não quero te distrair por muito tempo… só tenho que te entregar pessoalmente esta carta. — Ele pega um envelope verde e me entrega, balançando as sobrancelhas. — Você recebeu uma resposta do seu amigo secreto.

— Ah, é assim que vamos chamar esta pessoa? — pergunto enquanto pego a carta. — É meio que estranho ela ter respondido?

— Não, acho que não. Por que seria estranho?

— Não sei. Parece estranho escrever para uma pessoa que não conheço.

— Mas é aí que está a diversão. Você não sabe quem é, então pode ser franca. E, apesar de você não querer admitir, não é legal que, nesta época, quando dependemos de família e amigos para comemorar tradições passadas de geração a geração, você também tenha alguém com quem contar?

— Sim, é legal mesmo. — Balanço o envelope para Arden. — Isso é seu porque, na verdade, está sentindo pena de mim? Está me escrevendo cartas?

— Por que eu faria isso quando posso simplesmente conversar com você pessoalmente? — Ele sorri e bate o sino da ponta do seu chapéu de inverno. — Além do mais, desculpe dizer, mas gosto bastante do Natal e de tudo que ele envolve. Você sabe onde me encontrar se quiser responder. — Ele vai para a porta da frente, e dou tchau antes que ele desapareça.

Talvez ele tenha razão; talvez seja bom não me sentir tão solitária, afinal.

Sucumbindo a essa coisa de parceiro de carta, abro o envelope e tiro a folha simples de caderno.

Querido Ho Ho No,

Ótimo nome. Me identifico totalmente. Mas preciso perguntar, você sempre odiou as festas de fim de ano ou esta é uma coisa recente para você? Para mim, é. Eu costumava amar a época do Natal, principalmente morando em um lugar como Bright Harbor, onde a comunidade realmente se une para torná-lo especial.

Mas este ano parece diferente. Parece que não consigo encontrar alegria nele, mais precisamente por causa de um visitante que está na cidade — mas não vou entrar nesse mérito. Vou dizer só isto: sua carta me fez rir, e estou junto com você quanto ao ódio por eggnog. Visco é a erva do diabo. Crianças rindo... bom, isso não me incomoda tanto, talvez porque eu tenha sobrinhos e eles me deixaram surdo por sua alegria sem limites. Apoio, sim, dar presentes se for para alguém especial em sua vida. Mas as festas...

As festas são o que realmente me fazem surtar. Exigem que você vá, mas só o que te perguntam, repetidamente, é por que está solteiro durante as festas. Pode, por favor, me contar por que as pessoas acham que há necessidade de se intrometer na sua vida?

Sinceramente,

Scrooge Impaciente

Sorrindo, levo a carta para o meu quarto de infância — a única parte intocada da casa — e pego meu novo envelope da gaveta da escrivaninha, decidindo responder imediatamente. Vou para a cidade um pouco mais tarde. Talvez encontre Arden, e ele possa fazer uma entrega especial para mim.

Querido Scrooge Impaciente,

Você fez uma pergunta interessante. Acho que posso ter a resposta. Sabe, o mundo gira em torno de uma coisa... acasalamento. É nosso chamado cósmico nos preocuparmos com quem está acasalando com quem, quando vão acasalar e... bem, como.

Essa tradição de invadir a privacidade de alguém é transferida para as festas. Quando a conversa sobre o clima e as calçadas cheias de sal não são mais uma opção viável, nossos colegas humanos se referem ao que tem sido cosmicamente incutido neles. Será que essa pessoa acasalou? Preciso descobrir. Se não, preciso encontrar uma pessoa com quem ela acasale. Talvez eu seja a pessoa com quem eles deveriam acasalar... e as perguntas continuam.

Faz sentido?

Sinceramente,

Ho Ho No

Querido Ho Ho No,

Detesto concordar com uma afirmação tão direta de que o universo gire em torno de uma única coisa... fornicação. Mas sou homem, e estaria mentido se te dissesse que o ato sexual de estar com outro humano não passa pela minha cabeça de vez em quando. Então isso me torna... um deles?

Claro, tenho o exterior do tipo amargo que faria qualquer mulher atirada ter desgosto, mas, talvez, se eu fosse descascado até o centro, fosse exatamente como o resto deles: batendo palmas quando duas pessoas se beijam debaixo do visco.

E você sabe do nosso ódio mútuo por visco.

Francamente, estou aterrorizado. Por favor, me garanta que ficará tudo bem.

Sinceramente,

Scrooge Impaciente (no momento, roendo as unhas enquanto espero uma resposta)

Querido Scrooge Impaciente,

Gostaria de ressaltar dois pontos importantes na sua última carta.

Um. Não importa qual é o seu exterior, qual armadura você usa, qual escudo possui, você não está isento de cair na fila com o resto dos conformistas. Como falei antes, estamos pré-condicionados a falar sobre acasalamento, fornicação... *se encolhe* ... coito. Está no nosso sangue, enterrado tão fundo em nossa medula que não há motivo para sequer tentar se livrar disso. Mas a diferença entre nós e os outros é a seguinte: podemos viver com essa condição que, no subconsciente, nos faz conversar sobre cópula, mas temos consciência, somos responsáveis e fizemos um juramento de não dar corda.

Dois. Você declarou que é homem, o que dissolve um aspecto do anonimato, portanto, preciso igualar o jogo. Que fique registrado... sou mulher.

Sinceramente,

Ho Ho No

Querida Ho Ho No,

Isso muda as coisas?

Sou homem.

Você é mulher.

Será que os visconianos vão nos rastrear e obrigar seus parceiros a falar sobre nós? Estou preocupado com o inevitável. É uma cidade pequena. As pessoas vão se perguntar; as pessoas vão ficar de olho no próximo casal para poderem falar.

Acho que, a fim de nos salvarmos, precisamos fazer algo drástico. Algo que vá endireitar as espinhas daqueles que anseiam por carne fresca no mercado de namoros. Acho que você sabe o que estou prestes a dizer...

Precisamos nos colocar na zona de amigos, aqui e agora. Que fique claro que Scrooge Impaciente e Ho Ho No proclamam, aqui, uma zona mútua de amizade que os proíbe de se encontrarem sob o visco.

Por favor, confirme seu aceite deste novo plano.

Sinceramente,

Scrooge Impaciente

Querido Scrooge Impaciente,

Que ideia genial. Nada grita celibato para outro ser humano do que colocá-lo na zona de amizade. Eu gostaria de concordar, oficialmente, com este plano.

Mas, a fim de que ele seja válido, para nós sermos realmente "amigos", acho que precisamos expandir nosso conhecimento um do outro. Então, proponho que ofereçamos três fatos divertidos que talvez ninguém mais saiba. Assim, formamos uma ligação ainda mais forte do que a que já temos, e se um dia tivermos a chance de conversar sobre nossa amizade em público, teremos coisas atenciosas para dizer.

Eu vou primeiro (espero que concorde com isto).

Recentemente, descobri que prefiro caranguejo a lagosta. Pelo fato de morarmos no Maine, junto com a rota da lagosta, entendo a audácia dessa declaração, mas caranguejo cai melhor para mim e, de uma forma meio psicopata, gosto de quebrar as pernas. Nota: Não sou psicopata. Quebrar as pernas do caranguejo é, provavelmente, a coisa mais excêntrica que faço.

Quando eu tinha dez anos, resolvi pintar meu cabelo usando suco de saquinho azul. Não sabia o que estava fazendo, então simplesmente mergulhei a cabeça em uma tigela de suco, mas não pensei que a tinta também tingiria minha pele. Tive que andar por aí com uma faixa azul na testa.

Não me orgulho disto, mas uma vez fui ao Wizarding World of Harry Potter e briguei com um menino de doze anos por uma varinha. Ele tentou me enfeitiçar com a varinha, então o enfeiticei de volta, joguei cerveja amanteigada nos sapatos dele e saí correndo.

Acho que é importante mostrar nosso lado obscuro, e o incidente da varinha é um momento obscuro da minha vida.

Sinceramente,

Ho Ho No

Querida Ho Ho No,

Por ser fã do Harry Potter, posso entender a paixão profunda que você pode ter quando se trata de varinhas. Agora a questão da cerveja amanteigada pode ter sido um pouco desnecessária, dado o quanto é cara, porém quem sou eu para julgar?

Quanto a mim, pensei bastante nos pontos, então espero que aprenda uma ou duas coisinhas.

(1) Nunca contei para ninguém, mas todo ano, desde que tenho sete anos, pego uma flor do jardim da minha mãe, a espremo, preservo e a rotulo com o ano em que a colhi. Tenho um livro inteiro dedicado às flores. Quando minha mãe fizer sessenta anos, vou dá-lo a ela.

(2) Vou brigar com alguém até a morte se me disser que chiclete é um sabor legitimamente artificial. Nada, e quero dizer nada, tem gosto bom no sabor do chiclete, com exceção do próprio chiclete.

(3) E, enfim, quando eu era um moleque de onze anos, meus amigos me desafiaram a puxar a barba do Papai Noel do shopping e expô-lo para todas as crianças da fila. Então esperei e, na minha vez, fui até ele e dei um puxão enorme em sua barba, só para descobrir que era verdadeira, e praticamente o derrubei no chão. Nunca corri tão rápido na vida. A culpa me consumiu ao ponto de eu me entregar no dia seguinte, e acabei tirando neve da garagem do "Papai Noel" pelo resto daquele inverno.

Agora é sua vez de não me julgar.

Sinceramente,

Scrooge Impaciente

Querido Scrooge Impaciente,

Você colhe flores do jardim da sua mãe desde que tem sete anos?

Ok, provavelmente essa é a coisa mais gentil, fofa e encantadora que já li e, se não estivéssemos firmemente na zona de amizade, eu poderia facilmente desmaiar por algo assim.

Mas não se preocupe. Sem desmaios aqui.

Nenhunzinho.

E para solidificar que não haja desmaio, acho que precisamos contar um ao outro uma história de horror. Alguma coisa que seja tão vergonhosa que nunca contamos a nenhuma outra alma. Esse tipo de informação vai abafar o desmaio e colocarmos, oficialmente, em uma zona firme de amizade.

Agora você precisa falar primeiro, porque preciso julgar minha história dependendo do grau da sua. Então, por favor, me divirta com sua vergonha.

Sinceramente,

Ho Ho No

Querida Ho Ho No,

Para ser sincero, escrevi a coisa da flor na esperança de que talvez... só talvez você desmaiasse.

Então, se alguém deveria se preocupar em não ficar na zona de amizade, esse alguém sou eu. *Sussurro* Acho... acho que estou me transformando em um dos visconianos, então acredito que essa ideia de contar algo vergonhoso é bem inteligente. Colocar um pouco de "eca" nessa história para não haver chance de nos tornarmos como o resto das pessoas desta cidade... alegres com uma tendência a brincar com romance.

Então, a fim de abafar qualquer chance possível de desmaio, vou te contar que, quando eu tinha dez anos, fui à festa da empresa do meu pai. Ele me apresentou ao seu chefe e, quando apertei a mão dele, falei "Pai, este é o filho da puta do qual você estava me contando?". Nunca vi o rosto do meu pai ficar tão vermelho. Tive que me desculpar com um cartão no dia seguinte dizendo que não sabia onde tinha ouvido aquela frase, embora meu pai tenha dito isso no carro a caminho da festa. Depois, ele me levou para tomar sorvete, e eu estava tão confuso quanto a como me sentir que acabei vomitando sorvete e granulados em uma menininha que estava na fila do balcão. Ainda fico emocionalmente perturbado quando penso nisso.

Sinceramente,

Scrooge Impaciente

Querido Scrooge Impaciente,

Bom... isso não surtiu muito efeito, só me fez sentir tristeza pelo garotinho que pensou que estivesse fazendo uma pergunta boa. Apesar de que vomitar em uma garotinha inocente deu, sim, um tom de horror à história.

Portanto, vou te contar uma história igualmente vergonhosa.

Eu tinha uma bola molinha com a qual amava brincar — eu tinha uns doze anos, para referência — e costumava esfregá-la nas pernas peludas do meu pai porque fazia os pelos se arrepiarem e eu achava engraçado. Então, um dia, minha amiga me perguntou se eu queria brincar, e respondi que sim e que queria mostrar a ela como eu fazia uma massagem com a bola no meu pai — sem entender exatamente o que estava dizendo. Minha amiga mais madura me disse que eu era louca e, então, contou aos pais dela, que ligaram para minha mãe e a confrontaram sobre minha ideia doentia de fazer a filha deles massagear as bolas do meu pai.

A massagem com a bola nas pernas peludas acabou depois disso.

Então, onde isso me coloca na zona de amizade?

Sinceramente,

Ho Ho No

Querida Ho Ho No,

Desculpe, ainda estou gargalhando por aqui. Massagem de bola. *Secando lágrimas*

Sinceramente, acho que você deve ser minha pessoa preferida. Seria presunçoso demais te pedir para me fazer uma massagem com bola?

Neste momento, não sei se isto está funcionando porque a história da massagem com bola me fez gostar ainda mais de você.

Então me diga exatamente como isto está nos ajudando.

Sinceramente,

Scrooge Impaciente

Querido Scrooge Impaciente,

Com toda sinceridade, não consigo pensar em como esta contação de história vai ajudar.

Verdade seja dita, está só me fazendo desmaiar ainda mais. E não deveria, certo? Vomitar em vítimas inocentes e oferecer massagens com bola a um adulto deveriam atrapalhar totalmente, mas acho que só encantou mais.

Será que estamos bebendo secretamente o "eggnog"? É isso que está acontecendo aqui?

Vou admitir que vi, sim, um casal dando as mãos esta manhã perto do correio, e pensei que... *engole em seco* aquilo parece legal.

Se encolhe Eu sei, eu sei. A música festiva está me afetando. A alegria no ar. As lembranças.

Quero dizer, comi um cookie de gengibre ontem à noite e gostei. Acho que estas cartas estão surtindo um efeito reverso. Elas estão me fazendo ficar toda melosa.

Isto deve ter sido uma má ideia... mas também foi a melhor ideia que já tive em muito tempo.

Sinceramente,

Ho Ho No

Querida Ho Ho No,

Detesto admitir, porque eu realmente acho que tínhamos uma coisa boa rolando no início, com nossas promessas contra se deixar levar pelo romance e a alegria do espírito das festas, mas estou percebendo que estou escorregando.

Meu dedo do pé acompanhou a batida de Run Run Rudolph ontem. Fiquei horrorizado quando percebi isso.

E você pode ter comido um cookie de gengibre, mas eu mergulhei um cookie açucarado no chocolate quente ontem à noite e me fez sentir... um quentinho por dentro.

Também cheirei um pinheiro e expirei com um sorriso. Este cara, Scrooge Impaciente, sorriu ao cheirar um pinheiro.

Quero culpar o ambiente, mas acho que estas cartas me tiraram do humor em que estive ultimamente, e tudo isso é graças a você.

Podemos negar o quanto quisermos, mas acho que o espírito de Natal está entrando em nossas almas. E só podemos culpar a nós mesmos.

Se eu pudesse prever alguma coisa, seria que há mais batida acompanhada pelo dedão, cookies e chocolate quente no meu futuro.

Sinceramente,

Scrooge Impaciente

Capítulo Quatro

CALEB

— Você está... cantarolando? — Arden pergunta quando me flagra saindo da cafeteria segurando um café e um cinnamon roll.

— O quê? Não — respondo, apesar de que... sim, eu poderia estar cantarolando. Mas tenha certeza de que não era uma música natalina. Embora se recebesse mais uma carta de Ho Ho No poderia ficar tentado a cantarolar um verso de *Jingle Bells* baixinho.

É estranho o que uma simples carta pode fazer com uma pessoa. Uma interação com outro ser humano que tem os mesmos sentimentos que você quando está rodeado por nada além do oposto. Não sei quem Ho Ho No é, mas admito que ela me ajudou a esquecer a minha angústia festiva, os meus erros e, mais precisamente, os meus arrependimentos.

— Aham — ele diz, ficando ao meu lado —, parecia que você estava cantarolando algo natalino.

— Você gostaria disso, não é? Eu todo alegre, como o resto da cidade, brilhando com a alegria das festas.

— Seria divertido.

Nós atravessamos a rua até minha loja, e destranco a porta, pronto para começar o dia.

— Você tem uma carta para mim ou está aqui só para me irritar?

— Para te irritar, claro. — Ele solta uma risada ruidosa ao me seguir para o balcão do caixa.

— Que sorte a minha. — Coloco minha bebida e o cinnamon roll no balcão e acendo as luzes.

Ele rouba um pedaço do meu doce, que está no prato de papel, e enfia na boca.

— Só estou vendo como você está... tentando descobrir se seu mau humor já acabou. — Ele cheira o ar e sorri. — Parece que sim.

— Me poupe da irritação.

— Só parece muito interessante que você tenha ganhado um parceiro de carta e, de repente, aquela cara feia que tem tido o mês todo finalmente desapareceu.

— É, é, é — digo assim que a porta da frente se abre e Nola entra.

Meu coração praticamente para no peito. Nunca, em um milhão de anos, eu imaginaria que ela entraria aqui… ela deve estar desesperada por alguma coisa.

— Olá, querida — Arden a cumprimenta enquanto eu fico paralisado, sem saber como agir, principalmente depois do nosso encontro raivoso no café.

— Ãh, oi — ela responde, seus olhos indo para mim e, então, de volta para Arden. Vestida com um macacão velho e uma jaqueta de inverno aberta, sua postura grita incerteza com um toque de arrependimento.

Com a mão no balcão, mantenho a voz neutra quando pergunto:

— Há algo que eu possa te ajudar a encontrar?

Ela pigarreia.

— Eu não quero estar aqui.

Arden dá risada.

— Bom, ela fala mesmo, não é?

Com certeza.

— Preciso de tinta, e não tenho tempo para dirigir até Pottsmouth hoje, então aqui estou eu. Não fique todo orgulhoso. Só preciso pegar meus suprimentos e já saio.

— Claro — falo ao dar a volta no balcão. — De que tipo de tinta você precisa?

— Branca — ela diz ao torcer as mãos juntas, enquanto Arden observa toda a interação.

— Ok — continuo. — Que tipo de tinta branca… você sabe que tem muitos tons, certo?

Suas sobrancelhas se unem.

— Sim, sei disso, mas presumi que fôssemos falar sobre os tons quando você me levasse à seção de tinta, onde quer que seja.

— Oh, isto é divertido — Arden murmura ao pegar outro pedaço do doce.

Ignorando-o, eu indico:

— Por aqui. — Ela me segue para a seção de tinta, do outro lado do balcão, de braços cruzados, claramente desejando que estivesse em qualquer lugar menos aqui. — Então o que você vai pintar?

— Um cômodo — ela responde, sua atitude no nível mandona.

— Que tipo de cômodo? — pergunto.

— O que importa?

Com um suspiro, me viro na direção dela.

— A finalização importa. Então, se for um banheiro ou cozinha, onde é sujeito a manchas, eu sugeriria algo com um toque de brilho, já que é mais fácil de limpar.

— Não preciso de sugestões... Sei exatamente o que quero.

— Ah, sério? Porque, quando entrou aqui, parecia que você não fazia ideia do que precisava além de tinta branca.

— Vai mesmo brigar comigo por isto? É tinta.

— Você que começou — rebato, claramente agindo como um adulto maduro.

— Não estão ficando amigos — Arden diz.

Nola bate o pé, indicando que sua paciência está acabando.

— Sabe o quanto foi difícil, para mim, vir aqui? Muito difícil, então, por favor, só me dê uma lata de tinta branco-neve com casca de ovo para que eu possa ir embora.

— Branco-neve? — pergunto assim que ela pega um papel com o

nome da tinta do bolso e o segura entre nós. Eu o pego dela. — Poderia ter começado com isso.

— Poderia ter me mostrado onde a tinta estava para que evitássemos a interação.

— Vai mesmo discutir assim o tempo todo? Me lembro de você ser menos irritada.

— Ooooh, pegou mal — Arden incita.

Suas sobrancelhas se erguem com surpresa.

— É, bem, me lembro de você ser um pouco mais encantador, mas aqui estamos nós.

— Ele *era* mais encantador, não era? — Arden adiciona.

— Não está ajudando — rebato ao observá-lo enfiar na boca outro pedaço do meu cinnamon roll. Pego uma lata de tinta casca de ovo, escaneio a cor e, então, procuro meu abridor de lata, que não está em seu lugar normal em um gancho perto do scanner.

— O que está procurando? — ela pergunta. — Suas boas maneiras?

Lanço um olhar fervilhante para ela.

— Ele não tem boas maneiras há anos — Arden diz. — Acho que as perdeu há um tempo.

— Onde está meu abridor de lata de tinta? — grito, irritado com Arden e por eu parecer um idiota na frente de Nola.

— É isso? — Nola indaga, apontando para o abridor de metal que está na prateleira direita diante do meu rosto a, mais ou menos, um centímetro acima do gancho. Ela solta um bufo.

Arden também bufa e bebe meu café.

E eu começo a soltar fumaça.

— Não é engraçado — reclamo quando começo a abrir a tampa.

— É meio engraçado — Nola fala, agora indo para perto de Arden.

— É muito engraçado — Arden concorda ao pegar o cinnamon roll e oferecer a ela um pedaço. E, para meu desgosto, ela aceita.

— Que bom que posso ser bem divertido esta manhã. — Retiro a tampa e a coloco de lado, conforme ajusto os níveis de cor da tinta na máquina de corante para fazer o tom branco-neve de que Nola precisa.

— Ah, antes que me esqueça — Nola diz enquanto ergo a lata de tinta. — Quero te dar isto. — Do canto do olho, vejo um brilho de dourado sob as luzes fluorescentes da loja. Me viro bem na hora de flagrar Arden guardando um envelope dourado bem familiar no bolso.

Como.

É.

Que.

É?

Não pode ser.

Não é possível que... que... não. Não pode ser verdade.

Não tem como Nola ser Ho Ho...

— Caleb, a tinta — Arden chama assim que a lata escorrega das minhas mãos e cai no chão como se fosse em câmera lenta... bem no meu pé. Me curvo de dor assim que um jato de tinta branca espirra da lata para cima, direto no meu nariz, por todo o meu rosto e cabelo... me pintando totalmente da cabeça até o que presumo que será meu pé quebrado.

— Filho da... *pffffffff* — arfo, contendo meu xingamento ao pular com um pé só.

Mas, graças à tinta espalhada por todo o chão, pular assim me faz escorregar e voar no ar como se tivesse pisado em uma casca de banana.

Caio com uma *oof* retumbante.

— Ai, meu Deus — Nola reage.

— O que está fazendo? — Arden pergunta, aproximando-se de mim.

— Você está bem? — Nola indaga.

— Estou — resmungo enquanto me sento e coloco a mão nas costas. É, vai doer por um bom tempo, mas não tanto quanto meu orgulho.

Porque foi um espetáculo. Aqui estou eu, sentado com a bunda em uma poça gigante de tinta, coberto pela dita tinta espalhada, parecendo o proprietário da loja de ferragens mais incompetente do mundo. Tudo diante de Nola.

Mas não simplesmente Nola — tudo diante de Ho Ho No.

Melhor ainda, Ho Ho No-la.

Como não vi isso? Como não liguei os pontos?

— Você, ãh, precisa de ajuda? — Nola oferece.

— Não — respondo conforme tento me levantar, a lata quase vazia ainda derramando no chão. Seguro minha testa e respiro fundo. — Só preciso de um minuto.

Arden se intromete.

— Nola, querida, por que não termina de fazer o que quer que precise fazer na cidade, e eu vou entregar a tinta em uma hora?

— Ok, é, pode ser. Obrigada. — Ela pausa. Posso sentir que quer falar mais alguma coisa, mas, em vez disso, sai, o sino acima da porta tocando com sua partida.

Quando ela vai embora, me deito na tinta, pressiono a mão na barriga e olho para Arden.

— É para ela que tenho escrito.

Ele sorri de forma bizarra.

— Temo que sim.

— Por que não me contou?

— Você teria respondido?

— Provavelmente, não.

— E por que não, exatamente? É porque não quer nada com ela? Ou porque ainda a ama muito, se arrepende da forma como a tratou e só quer ficar com ela de novo?

— Acho que você já sabe a resposta — digo enquanto tento me levantar, meu corpo melado da tinta grossa que me cobre.

— Ok, então se você se arrepende do jeito que a tratou, por que não tenta consertar?

— Porque você viu como nós interagimos. — Gesticulo para a tinta. — É uma causa perdida.

— Bom, primeiro, você não levou a conversa para uma direção positiva. Houve muita hostilidade na sua voz e nas suas ações.

— Porque estou frustrado — falo enquanto me levanto.

— Frustrado com quem, especificamente?

Tiro tinta de dentro da minha camisa e jogo no chão. Não há como salvar esta roupa. Vai direto para o lixo. Felizmente, tenho um chuveiro e roupas extras nos fundos da loja.

— Fiz uma pergunta — Arden insiste.

— Eu sei... eu sei. — Dou um suspiro pesado. — Estou frustrado comigo mesmo. No instante em que soube que ela estava de volta à cidade, deveria ter ido até ela, me desculpado e tentado consertar esta tensão entre nós. Mas estava com medo e orgulhoso, e acho que pensei que ela não fosse sequer olhar na minha direção, então só fiquei enrolando o mês inteiro.

— E olhe para onde isso te levou. — Arden gesticula para minhas roupas. — Acho que está na hora de você mudar suas táticas, não acha? Acredite em mim quando digo que, se você a ama, precisa lutar. Sei por experiência própria, porque uma vez amei e perdi, mas nunca lutei. Me arrependo até hoje. Se ainda a ama e ela veio a Bright Harbor para ficar, então acho que está na hora de você consertar as coisas.

Amei, perdi e nunca lutei. Foi o que fiz quando terminamos. E Arden está certo: eu me arrependia, sim. Me arrependia disso todos os dias. E, agora que ela está de volta, já que estivemos compartilhando estas cartas e posso colocar um rosto ao nome, isso só envia uma percepção nítida direto ao meu coração de que é isso. Esta é minha segunda chance e, se eu não fizer alguma coisa agora, posso perdê-la para sempre.

— Você tem razão — respondo e, então, olho para a tinta. — Mas primeiro preciso limpar. Enquanto faço isso, preciso que você faça algo por mim.

— O quê?

— Atravesse a rua e pegue um café e um cinnamon roll para mim.

— Ainda tem um pedaço. — Arden gesticula para o prato quase vazio.

— Vá. — Aponto na direção da porta enquanto Arden resmunga baixinho. Não tem como eu trabalhar de estômago vazio.

Querido Scrooge Impaciente,

Bater os dedo no ritmo, cookies açucarados, chocolate quente... cheirar pinheiros? O que você fez com o odiador pessimista do Natal que conheci há muitas cartas?

Não que eu esteja te culpando, porque compartilho bastante do sentimento.

Estas cartas, bem, fico ansiosa para recebê-las. Elas me fazem sorrir e, apesar de eu gostar de ver Arden me entregar um envelope verde, estou começando a pensar que talvez, não sei... possamos nos encontrar?

Se encolhe Eu sei, isso pode ser pedir demais, mas sinto que temos uma conexão e, não sei, talvez não precisemos ficar sozinhos enquanto estamos nos detestando secretamente por gostar de um cookie natalino açucarado recém-assado de dar água na boca.

O que acha? Estou sendo descarada demais?

Seja sincero.

Sinceramente,

Ho Ho No

Capítulo Cinco

NOLA

— Você está sorrindo — Vovó Louise diz quando entra na cozinha.

— O quê? Não estou, não — respondo, sem saber por que estou negando.

Bom, na verdade, isso é mentira. Sei exatamente por que estou negando... não quero contar a ela o motivo de eu estar sorrindo. Ela vai fazer muitas perguntas, mas, cá entre nós, não consigo tirar da cabeça a imagem de Caleb coberto de tinta.

De como a tinta se espalhou pelo seu nariz.

Da forma como ele escorregou e suas pernas voaram pelo ar.

E da sua mandíbula tingida de branco conforme ele a flexionava.

Felizmente, acredito que a única coisa que ele feriu foi seu orgulho — do contrário, eu não estaria sorrindo tanto.

— Eu vi você sorrindo. — Ela cutuca minha bochecha.

— Eu não sorrio, Vovó. Lembra, sou a Ranzinza do Natal. — Dou uma piscadinha e, então, vou na direção da sala de estar, onde termino de preparar tudo para a pintura. Felizmente, Arden vai me trazer a tinta logo.

— Você não está muito ranzinza ultimamente. Assistiu a uma parte de *Agora Seremos Felizes* comigo ontem à noite.

— O que quer dizer? — pergunto.

— É um filme de Natal.

— *Não* é um filme de Natal. Há uma cena de Natal. — Minha parte preferida do filme, mas isso não vem ao caso.

— Você assistiu, mesmo assim. Estou começando a desconfiar que essas cartas que acha que é tão esperta em esconder, na verdade, colocaram esse não-sorriso no seu rosto.

Ela me flagrou escrevendo uma carta certa noite quando veio me visitar e perguntou sobre o que era aquilo. Claro que ela iria conectar minha felicidade às cartas. Ela pode ser idosa, mas ainda é bem astuta.

— Não vou dignificar esse comentário com uma resposta — respondo assim que alguém bate à porta. — Ah, que bom, Arden chegou com a tinta.

— Essa é minha deixa para subir e tirar uma soneca na sua cama. — Ela faz uma careta, sabendo que eu deixaria que ela fizesse qualquer coisa neste momento. — Temo que, se ficar aqui embaixo, você vai me colocar para trabalhar.

Bem observado.

Conforme ela sobe as escadas, vou até a entrada e abro a porta.

— Ei, Ar... — Minha voz some quanto sou recebida por Caleb, sem tinta cobrindo-o e acabado de sair do banho, segurando uma lata de tinta. — Oh, você não é Arden.

— Não sou, não. Fico feliz que você consiga notar a diferença. — Isso foi uma piada leve? Parece estranho depois das duas interações que tivemos desde que voltei.

— Pensei que ele fosse entregar a tinta.

— Ele tinha umas outras coisas para fazer, então eu vim.

— Ah, bem, obrigada pela entrega. Quanto te devo?

— Não se preocupe com isso — ele diz ao assentir na direção do interior da casa. — Deixe-me colocar isto aí dentro para você.

Não se preocupe com isso?

Querendo colocar a tinta dentro de casa para mim?

O que aconteceu com o homem que estava bufando e xingando por causa do abridor de lata?

— Não precisa, eu consigo carregar — respondo, me sentindo meio agitada.

— Não, eu faço isso — ele insiste, passando por mim e indo direto para a sala de estar.

Ãh, o que está havendo?

Fecho a porta e viro para ver Caleb. Ele está com um joelho no chão, a outra perna flexionada conforme ele abre a lata de tinta e, então, mergulha um pauzinho de madeira para mexer.

— O que está fazendo? — pergunto.

— Te ajudando.

Ok, agora eu *sei* que tem alguma coisa estranha acontecendo.

— Você não tem uma loja para cuidar?

— Jimmy apareceu quando contei a ele que tive o incidente com a tinta. Ele está cuidando de tudo.

— Ok, bem, não preciso mesmo de ajuda.

— Não perguntei se precisava ou não. — Ele ergue um pincel e um rolo. — Quer usar o rolo ou fazer os recortes?

— Ambos, porque posso fazer isto sozinha.

— Certo, vou fazer os recortes — ele diz, me ignorando totalmente.

Assisto, confusa, enquanto ele derrama a tinta na bandeja e, então, em um copinho para si mesmo. Pega um pincel e vai para a parede, e começa a passar a tinta, fazendo o recorte da porta.

— Caleb, sério, o que está fazendo?

— Seus irmãos vão voltar para o Natal? — ele indaga.

— Não, Banner e Ryot vão ficar em Chicago para... espere, por que estou respondendo isso? — Com as mãos na cintura, bato o pé no chão. — Caleb, por que está aqui?

— Não é óbvio? — ele questiona, ainda pintando. — Tentando te lembrar de que sou um cara bom, que pessoas cometem erros e que, embora eu saiba que o capítulo da nossa história terminou, não quero que se sinta desconfortável morando aqui. — Ele se vira e me encara. — Não sei a história completa do porquê você voltou para cá, Nola, mas sei que merece uma chance de ser feliz, e me recuso a ser o homem que te impede de conseguir. Sei que é estranho, estar aqui de novo... Só quero tornar isso menos estranho.

Bem, isso realmente parece muito maduro.

Pode culpar a alta temporada de alegria ou a expressão sincera dele, mas, por algum motivo, sinto derreter lentamente a camada de gelo que envolve meu coração quando ele está por perto.

— Oh... bom... obrigada.

— Por nada. — Ele sorri. — Agora pegue um rolo. Não vou pintar sozinho.

— Ok, espere um segundo — digo, recuperando o fôlego depois de rir tanto. — Não pode ser verdade.

Caleb assente ao passar o pincel no rodapé.

— Queria que não fosse, mas sim, no ano passado, quando eu estava ajudando a construir o cenário para o programa de verão do teatro, minha calça ficou presa em um prego. Não percebi e acabei rasgando-a, ficando com a calça rasgada e de cueca.

Me abaixo, uma risada calorosa saindo de mim.

— Ai, meu Deus, e na frente das crianças?

— Infelizmente. Recebi muitas cartas de pais bravos. Não preciso dizer que não me chamaram para ajudar neste ano e, para ser sincero, o programa de verão não foi o sucesso que normalmente é, e sei que é porque minha carpintaria não foi utilizada.

— Tudo por medo de você mostrar a todo mundo a *sua* madeira.

Ele ergue uma sobrancelha, e é claro que isso só me faz rir mais.

— Tudo que viram foi a cueca, e nem deram uma boa olhada porque minhas pernas brancas reluzentes provavelmente os cegaram.

Dou mais risada.

— Muito provavelmente.

— Ok, eu contei, agora você me conta... qual foi a coisa mais humilhante que já aconteceu com você enquanto estava em Nova York?

— Cara, por onde começo? — pergunto, pegando mais tinta com o rolo. — Teve a vez em que achei que um cavalheiro idoso fosse meu encontro às cegas e conversei com ele por meia hora antes de receber uma mensagem do meu encontro de verdade dizendo que ele estava chateado por me dar um bolo. O velho mandou beijo com sua dentadura para mim e sorriu quando fui embora.

— Oh, droga.

Dou de ombros.

— Acontece que eles tinham o mesmo nome. Foi uma colega de trabalho que marcou para mim; não recebi nenhuma foto. Então houve a vez em que me colocaram para ajudar a mãe do meu namorado na cozinha durante o Dia de Ação de Graças. A família era obcecada pelo cheesecake da avó, e esse era o último Dia de Ação de Graças dela. Ela conseguiu energia suficiente para fazer seu cheesecake uma última vez. Me pediram para colocá-lo no forno, mas não me atentei que estava em uma assadeira, então enfiei meus dedos até embaixo, tirei e espirrei o cheesecake por toda a porta do forno.

Caleb se vira devagar, com os olhos arregalados.

— Nãoooo.

Assinto.

— Sim. Meu namorado terminou comigo naquela noite. Não o culpo. Eu também não queria mais estar na família.

— Uau, acho que isso é pior do que ficar de cueca na frente das crianças.

— Por pouco.

— Espere, a sra. Gingerfield deu a você, e só a você, a receita do seu chutney famoso?

Caleb assente enquanto estamos sentados no meio da sala de estar, dando uma pausa.

— Por quê?

— Fiz um balanço para a varanda dela. Ela queria me pagar, e eu falei que não precisava, só queria garantir que ela estivesse confortável enquanto observava a vizinhança. Então, em troca, ela me presenteou com uma caixa. Dentro tinha outra caixa. — Dou risada. — E dentro dessa caixa havia um envelope.

— Pare, não foi assim que ela entregou.

— Foi exatamente como ela entregou — ele responde. — E dentro do envelope estava um cartão laminado embrulhado cuidadosamente em um papel-toalha. E nesse cartão estava a receita do chutney.

— Não consigo acreditar. Ela não deu essa receita a nenhuma alma. O que você fez com ela?

— Bom, eu a embrulhei de volta no papel-toalha, guardei no envelope...

— E então voltou para dentro da caixa, e da outra caixa — continuo por ele.

— Exatamente, depois peguei essa caixa e a coloquei em uma caixa um pouco maior.

— Não colocou, não — digo, sem conseguir conter a risada.

— Então a guardei em uma caixa segura de depósito no banco que pago dez dólares por mês.

— Sério?

Ele assente.

— Então, um dia, quando a hora certa chegar, vou até minha caixa e a pegar, depois a outra, a última caixa, então o envelope, vou desembrulhar o papel-toalha, segurar o cartão com a receita e dar de presente para quem quer que seja minha esposa. E quando ela perguntar o que é, vou dar um tapinha no seu ombro e dizer "Por favor, faça isto para mim, eu não faço ideia do que é um chutney".

Minha risada soa pela sala vazia.

— Você é tão ridículo.

— Devin e Darnell são casados? — pergunto em choque.

— Sim. E têm cinco filhos.

— Cinco? — Meus olhos quase pulam para fora. — Me lembro de quando Devin não queria ser babá porque odiava crianças, e agora ela tem cinco filhos? Com Darnell? O arqui-inimigo dela? — Balanço a cabeça. — Acho que não consigo acreditar nisso.

— Foi difícil para o resto de nós acreditar também, porque logo antes de eles se apresentarem como um casal, foram vistos no canto do mercado jogando farinha um no outro.

— Ah, me lembro da Vovó Louise me contando sobre isso. Ela falou que foi a grande nuvem branca que nunca sumiu. Demorou semanas para Martin, do mercado, limpar.

— Acho que, se entrar lá, ainda dá para ver um pouco de farinha no ar.

Passo tinta na parede, adorando como o cômodo está se iluminando tanto.

— E agora com cinco filhos, inacreditável. Você estava no casamento?

— Todo mundo estava no casamento... foi difícil perder. Era como se eles estivessem tentando provar alguma coisa, então se casaram nos degraus do prédio municipal e colocaram nos alto-falantes.

— Isso é meio desagradável.

— Não, desagradável foi Devin e Darnell em uma carruagem branca puxada por cavalos e gritando para todo mundo que estavam casados enquanto latas de cerveja vazias os seguiam. Felizmente, eles se mudaram para mais perto de Pottsmouth, então não os vemos mais muito por aqui.

— Mas a farinha ainda está lá. — Sorrio para ele, que sorri de volta.

— Sim, vamos nos lembrar da farinha para sempre.

— Posso te perguntar uma coisa? — peço ao terminar de pintar a última parede.

— Sim — ele diz enquanto está parado em uma escada acima de mim, fazendo recorte do teto.

— Por que você foi para Boston?

Ele pausa e olha para baixo, para mim.

— Então, vi que terminaram as histórias engraçadas... simplesmente pulando direto para a parte difícil?

Dou de ombros.

— Pode ser. Sempre fiquei curiosa, e acho que, se vamos morar na mesma cidade, podemos muito bem tirar tudo a limpo.

— Justo. — Ele desce da escada e, então, se senta no degrau. — Bem, depois de partir seu coração e te tratar como uma porcaria...

— Que bom que você enxerga assim.

— Sempre enxerguei, Nola — ele responde, com os olhos cheios de sinceridade. — Sei o quanto te machuquei, e é meu maior arrependimento. — Ele olha para as próprias mãos. — Mas eu não era maduro o suficiente para você. Não é uma desculpa, é um fato. Você tinha sonhos; eu tinha... bom, eu tinha a loja do meu pai. Quando você foi embora, pensei que talvez, se eu provasse para mim mesmo que poderia ser outra coisa, algo melhor para você, então poderia implorar por seu perdão. Assim, fui para Boston, onde tive aulas de marcenaria por um ano e, depois disso, eu sabia que não tinha nascido para a cidade grande. Não tinha nascido para um relacionamento adulto, na verdade. A maturidade não estava lá. Mas se havia uma coisa que eu sabia, com certeza, depois de morar em Boston, foi que meu destino era ficar em Bright Harbor, e foi quando resolvi deixar você ir por completo. Eu sabia que estávamos indo em direções opostas e, se eu tentasse seguir, cairia em desgraça. E não era justo com você.

— Ah — digo baixinho, conforme a verdade me atinge. Nunca pensei que era assim que ele se sentia. — Você poderia ter me contado isso, Caleb.

— E arriscar fazer você ficar quando, claramente, era para ir e explorar o mundo? — Ele balança a cabeça. — Eu não teria feito isso. Você merecia mais.

— Eu merecia você — solto antes de poder evitar.

Seus olhos brilham para os meus e, enquanto encaramos um ao outro, o tempo parece parar à nossa volta, nos dando esse único momento para refletir sobre nossos arrependimentos, sobre o que deveríamos ter dito, mas nunca tivemos a coragem, sobre a força de falar quando mais importava.

Pigarreio e dou um passo para trás.

— Bom, isso ficou no passado, eu acho.

— É — ele diz. — Então, por que voltou para cá, Nola?

Ótima pergunta, e até talvez um dia atrás, eu poderia ter dado uma resposta diferente. Mas agora, com as cartas misteriosas e o calor das lembranças, minha resposta se transformou em outra coisa.

— Primeiro, foi para me afastar de Chris, meu ex, mas, agora que estou aqui, ficando com Vovó Louise, andando pela cidade, até conversando com Arden, parece que estou exatamente onde quero estar. Em casa.

Ele se levanta da escada.

— Então isso significa que vai ficar mais tempo?

Assinto e umedeço os lábios enquanto a tensão fica ainda mais densa.

— Sim. Vou ficar mais tempo. Estou pensando em morar aqui. Embora Nova York fosse meu sonho, percebi rapidamente que também não nasci para a vida na cidade grande. Sinto falta da cidade pequena, das pessoas nela e da comunidade. Estava sentindo falta das amizades reais que tenho aqui enquanto estava em Nova York. Não há mais nada para mim lá, mas muita coisa para mim aqui.

— Bem, que bom que conversamos hoje então, hein?

— É, que bom — respondo conforme ele dá um passo para mais perto.

Em um lampejo, sou transportada de volta para como era a vida com ele, antes de eu resolver ir embora. Eu estava feliz, protegida, confortável e, com certeza, me aventurar em um mundo novo foi uma boa experiência de vida, mas estar de volta em Bright Harbor parece muito certo, como se todas as peças do quebra-cabeça da minha vida estivessem se encaixando... exceto uma.

Uma única peça que parece estar se dividindo em duas.

Porque, apesar de eu estar aqui com Caleb, tão perto que quase posso prová-lo, não consigo deixar de pensar naquelas cartas e no homem que as escreveu. Se ao menos... aff, se ao menos fosse o mesmo homem...

Com uma mão gentil no meu queixo, ele inclina minha cabeça para nossos olhos se fixarem. Minha pulsação acelera, e seu cheiro familiar me envolve como um cobertor, espalhando calor pelos meus membros.

— Se as coisas fossem diferentes, se você tivesse ido embora de forma diferente, eu teria te convidado para sair no instante em que voltou para a cidade.

— Você... você teria? — pergunto, meu coração batendo tão forte que mal consigo ouvir Caleb acima do ruído da minha pulsação.

— Teria. — E, então, com um carinho do seu polegar na minha bochecha, ele se afasta e vai na direção da porta da frente. — Obrigado por hoje, Nola. Me diverti demais.

Ele abre a porta e, então, se abaixa.

— Você recebeu uma carta. — Ele segura um envelope verde.

Uau, a hora não poderia ser melhor, me lembrando de uma escolha que talvez eu precise fazer.

— Oh, obrigada. — Vou até ele e a pego.

Seus olhos caem para os meus lábios e, então, voltam para os meus olhos.

— Você não mudou nada, Nola. Ainda é linda e engraçada como sempre. — Ele abre um sorriso doce. — Te vejo pela cidade.

— É, te vejo por aí. — Fecho a porta quando ele sai e seguro a carta perto do peito. Assim que me viro, fico cara a cara com Vovó Louise.

— Ainda é apaixonada por ele, não é?

Assustada e colada na porta, solto um gritinho.

— Meu Deus, Vovó. Você me assustou.

— Bem, se não estivesse soltando coraçõezinhos pelos olhos pelo homem, poderia ter me ouvido chegar com minha bengala.

— Eu não estava soltando coraçõezinhos pelos olhos — digo, apesar de saber que minhas bochechas estão rosadas. É louco como uma tarde faz diferença. No início do dia, eu nem sequer queria olhar para Caleb, que dirá estar perto dele, mas agora... agora queria que ele não tivesse ido embora. Queria que pudéssemos conversar mais. Queria... caramba, não sei o que quero.

— Ok. — Vovó Louise dá tapinhas no meu ombro. — Só se lembre de que, às vezes, as pessoas voltam à nossa vida por um motivo. — Ela dá uma piscadinha e, então, segue na direção da cozinha. — Vou esquentar uma torta para o jantar. Quer um pouco?

— Talvez mais tarde — grito conforme abro o envelope e pego a carta.

Querida Ho Ho No,

Tudo que eu mais gostaria é me encontrar com você. O que acha de amanhã à noite às oito, no gazebo da Main?

Sim, pode ser véspera de Natal, mas estou disposto a arriscar este espírito festivo se você estiver.

Não precisa responder. Estarei lá te esperando.

Sinceramente seu,

Scrooge não mais tão Impaciente

Capítulo Seis

CALEB

As luzes do Natal brilham na escuridão da noite, junto com os arbustos, as cercas e as lojas fechadas. Toca música natalina instrumental suave ao longe enquanto o resto da cidade está reunido na Fazenda McGregor, aproveitando a troca anual de enfeites de Bright Harbor. E, conforme ando, protegido com uma jaqueta pesada e um cachecol, na direção do gazebo iluminado que está rodeado de plantas decoradas e lançando um brilho dourado no centro da cidade, uma neve bem leve começa a cair.

Não tenho certeza se Nola vai aparecer. Quando estive na casa dela ontem, sinceramente, não pensei que fosse ser tão bom quanto foi. Não pensei que ela iria me deixar ficar, mas, quando deixou, me aproveitei disso. Tentei agir como se o tempo não tivesse passado. Nós nos lembramos, brincamos e falamos a verdade, uma verdade que acredito ter esmagado cada sentimento azedo entre nós. Depois dessa conversa, pensei em contar sobre as cartas, mas não sabia como ela iria reagir. Ela já havia entendido o atropelo dos meus sentimentos, sobre Boston… era melhor deixar assim.

Mas agora, enquanto ando na direção do gazebo, com as mãos nos bolsos, meu estômago se revirando, meio que desejo que já tivesse contado a ela. Porque, se ela aparecer, vai aparecer para o homem das cartas. E se ficar decepcionada? E se souber que quer ficar com o "Scrooge Impaciente", não eu…?

Essa foi uma péssima ideia.

No que eu estava pensando?

Paro assim que estou prestes a subir no gazebo.

Talvez eu não faça isto. Talvez encontre outra maneira de me comunicar com ela. Talvez eu dê mais tempo para isto e consiga fazer com que ela entenda que sou eu que escrevo as cartas.

Talvez eu possa…

— Caleb? — Nola diz de detrás de mim, fazendo meus ombros ficarem tensos e minha espinha se endireitar. — O que está fazendo aqui?

Bem, parece que não há escapatória agora.

Devagar, me viro e a olho. Seu cabelo curto fofo está estilizado em ondas sob um gorro vermelho. Ela está com um casaco preto, cachecol vermelho e botas de inverno pretas. Parece quente, mas muito linda ao mesmo tempo.

— Ãh, ei, Nola.

Ela olha para trás de mim e, então, em volta.

— Está esperando alguém?

Seguro minha nuca e penso que é isso. Chegou a hora de contar.

— Estava, sim. Estava te esperando.

— Me esperando? — ela pergunta, parecendo confusa.

— Sim. — Enfio a mão no bolso do casaco e tiro um envelope verde… Arden me contou que é onde ele tem entregado minhas cartas, então ele me deu uma última para esta noite. — Tenho uma última entrega para você.

Ela encara a carta e, então, volta para mim.

— Você… você é…

— Scrooge Impaciente — termino por ela.

— Mas… como?

— Arden encontrou minha carta original que joguei no lixo. Ele detestava o quanto eu estava solitário, como eu me fechava durante as festividades, e acho que pensou a mesma coisa de você, então a deu para você. Depois você respondeu. Saber que outra pessoa estava sofrendo nas festividades me fez sentir normal… uma coisa que perdi quando você voltou para a cidade.

Aqui vai.

Dou um passo à frente e pego sua mão.

— Nola, você realmente é a melhor parte da minha vida. Tenho as melhores lembranças de quando estávamos juntos. Tive as melhores risadas com você ao meu lado. E até quando passamos por tempos difíceis, saber que eu tinha você para me apoiar tirou um pouco da dor. Quando te perdi, também perdi uma parte de mim. Mas você está aqui agora e, lentamente, ajudou a trazer essa parte de volta à vida com suas cartas. — Entrelaço nossos dedos, os dela nas luvas, os meus não. — Sinto muito pelo passado, por tratar você da forma que tratei. E juro que, se me der outra chance, vou passar o resto da minha vida compensando.

Lágrimas se acumulam nos olhos dela enquanto flocos de neve caem em seus cílios.

— Caleb — ela diz, sua garganta apertada, sua voz tensa. Prendo a respiração, me perguntando se ela vai me recusar. — Você precisa saber. — Ela umedece os lábios. — Mesmo durante nosso tempo separados, mesmo quando nosso coração estava despedaçado, sempre foi você. Sempre e para sempre.

Então, ela coloca a mão livre na minha nuca e fica na ponta dos pés.

A felicidade me percorre conforme levo meu nariz até o dela, pairando minha boca exatamente acima dos seus lábios.

— Me perguntei se era você — ela sussurra. — Me perguntei se era você que me enviava as cartas. Eu precisava vir aqui esta noite para descobrir.

— E se não fosse eu? — pergunto.

Seu nariz roça no meu.

— Então eu teria que encontrar você.

Com isso, ela pressionou a boca na minha. Primeiro devagar, ela espera minha reação, mas quando começo, quando abro os lábios, ela responde ao beijo e rouba minha alma. Para sempre.

Com as mãos nas minhas bochechas, ela me segura enquanto sua boca explora a minha, meu corpo doendo por ela, meu coração se acalmando.

Esta é a minha garota. A que eu estava esperando. E, com certeza, pode ter demorado alguns anos e umas cartas entregues por um amigo, mas estamos aqui, nos braços um do outro, e eu não iria querer de outra forma.

Ela se afasta e sorri para mim.

— O que tem na carta?

— Por que não descobre?

Com um olhar desconfiado, ela abre o envelope e lê em voz alta.

— Querida Ho Ho No… la.

Ela sorri.

— Eu amo você. Vai se juntar a mim para um eggnog fresquinho e biscoitos de gengibre na minha casa? Afinal de contas, é véspera de Natal.

— Sinceramente, para sempre seu.

— Seu Scrooge Impaciente.

Ela envolve os braços em mim e pressiona a testa na minha.

— Eu também amo você, e o que mais quero é comemorar as festas de fim de ano com você.

— Então… é um encontro. — Ergo o queixo dela e me inclino para beijá-la mais uma vez, quando ouço baterem palmas à direita.

Nos viramos e vemos Arden e Vovó Louise parados um ao lado do outro. Vovó Louise está com o braço enganchado no de Arden enquanto estão ali parados, sorrindo para nós.

— Olhem para isso, beijando debaixo do visco — Arden fala.

Nola e eu olhamos para cima ao mesmo tempo e vemos um raminho de visco pendurado na entrada do gazebo, diretamente acima de nós. Juntos, rimos quando eu falo:

— Bem, que irônico.

— Irônico ou destino? — Nola pergunta com um sorriso tão lindo que tenho que beijá-la mais uma vez.

— Falei para você que iria funcionar — Arden diz.

— Não falou, não, seu palhaço. Eu falei para você — Vovó Louise discute. — Dar aquela carta para ela foi minha ideia.

— Não foi, não, seu velho saco de ossos. Esta união toda foi minha ideia.

— Que monte de bobagem. Quando estávamos no nosso encontro, fui *eu* que falei que precisávamos juntar os dois de novo.

Encontro? Podemos falar sobre isso por um segundo?

— É, e eu bolei o plano — Arden rebate.

— Exatamente, então o plano todo foi meu, com detalhes fornecidos por você. — Ela dá tapinhas na mão dele. — Viu como funciona?

Arden resmunga algo baixinho conforme me volto para Nola.

— Parece que uns elfos do Natal trabalharam duro.

— Deu certo — Arden grita, fazendo nós todos rirmos.

Envolvo o braço na cintura de Nola e a seguro perto enquanto levo minha boca a um sussurro dela.

— Feliz Natal, Nola.

— Feliz Natal, Caleb.

Fim

LISTA DE DESEJOS

Já que passamos o Natal juntos, vamos sonhar com o próximo ano?
Anote aqui os seus desejos! E vamos torcer para que eles se realizem.

FELIZ NATAL E
UM INCRÍVEL ANO NOVO.